CHARLES MAIRE

Rimes Féminines

LYON

A. REY, IMPRIMEUR-ÉDITEUR

4, RUE GENTIL, 4

1898

Rimes Féminines

ET

Rimes Diverses

ŒUVRES POÉTIQUES DE L'AUTEUR

EN PRÉPARATION POUR 1899

RIMES D'EN HAUT.

PENSÉES ET MAXIMES D'UN OCTOGÉNAIRE (prose et rimes).

CHARLES MAIRE

Rimes Féminines

ET

Rimes Diverses

LYON

A. REY, IMPRIMEUR-ÉDITEUR

4, RUE GENTIL, 4

1898

DÉDICACE

Éternel féminin qui, jusque dans la rime,
Suis pas à pas, partout, l'éternel masculin,
Dont la beauté séduit les hommes qu'elle opprime,
Dont le charme s'impose à notre esprit malin,
Dans ce livre ne vois que le suprême hommage
Que t'adresse un vieillard sans songer à son âge,
Mais dont les souvenirs, de l'oubli préservés,
Sont tous, malgré le temps, dans son cœur conservés.

RIMES FÉMININES

MUSIQUES LOINTAINES

> O la pénétrante, la décevante magie de ces musiques
> entendues jadis dans les saisons heureuses, et qui
> vous résonnent tout à coup aux oreilles pendant
> les jours d'infortune !
>
> A. Theuriet, *Fleur de Nice.*

Entendez-vous, mon cœur, les lointains carillons
Des heures de jeunesse aux bruyants cotillons,
Et le murmure de chaque amour soupirée,
Chaque rêve entrevu, chaque fleur respirée...?

Ne vous sentez-vous plus, mon cœur, ni tressaillir
Quand reparaît le renouveau dans la nature,
Ni désireux de parcourir, à l'aventure,
Tous les anciens sentiers qui vous ont vu vieillir...?

RÉPONSE DU COEUR

Oui, je tressaille encor, quand à l'heure chagrine,
O poète, tu dis la mort qui va venir,
Ou quand un chant passé, qui bruit en sourdine,
Dans l'âme du vieillard éveille un souvenir.

Oui, carillons de bals et de fêtes mondaines,
Soupirs, rêves et fleurs, je vous ai recueillis,
Mais je les entends seul vos musiques lointaines,
Leur douceur n'a d'écho que dans les cœurs vieillis.

8 septembre 1896. — Anniversaire où commence ma 81ᵉ année.

A MARIE

Avant-hier en venant, le jour de ta naissance,
Embrasser ton vieux père, il t'a, pendant longtemps,
De ta mère conté les suprêmes instants,
Et les jours anxieux de ta première enfance ;

Il t'a redit combien ta chétive existence
Fut souvent menacée et quels soins persistants
Ont enfin triomphé de dangers attristants,
Mais il ne t'a pas dit où fut sa récompense… ?

Une femme belle et robuste, au cœur vaillant,
A remplacé le petit être défaillant,
Et sur elle mon bras s'appuie avec tendresse ;

Mon amour paternel, penché sur le berceau,
En sauvant de la mort le débile arbrisseau,
Avait aussi sauvé son bâton de vieillesse.

28 février 1897.

A JEANNE

Pour ses Vingt Ans

Vingt ans, lorsqu'on les a, sont un rayonnement ;
En les voyant venir on en guette la fête
Comme l'expression et le couronnement
De tout ce dont le cœur ou l'âme sont en quête.

O Jeannette, pendant qu'ils couronnent ta tête,
Puisse, pour toi, chaque heure être un ravissement,
Et les rêves heureux où ton esprit s'arrête
A tes pensers, plus tard, servir de bercement !

Après avoir, chaque matin, fait ta prière,
Mets à profit le temps, la veille, la lumière
Et les élans naïfs que l'âge refroidit.

Le soleil, chaque jour, ramène sa présence,
L'amour éteint renaît, le Printemps reverdit...
Les bonheurs des vingt ans n'ont pas de renaissance.

6 décembre 1896.

A MA BELLE-FILLE

Qui m'avait demandé hier, avant son départ du Fréhaut,
de lui écrire quelques vers.

Carmina quæ vultis cognoscite.
(Virg., *Eglogues*, VI, 25.)

Dans la Nature l'Art domine tout, car Dieu
Qui la fit est pour nous l'incomparable artiste
Devant lequel, avec un sentiment pieux,
S'incline le respect de tout ce qui existe.
L'Art est tantôt le cor qui résonne avec bruit,
Tantôt le luth qui parle aux échos de la nuit ;
Toujours soumis à ce que le caprice agrée,
Tour à tour il copie, il invente, il récrée ;
Il est pour l'incroyant une religion,
Pour le poète un foyer d'inspiration,
Et, quand le cœur l'échauffe ou la foi l'illumine,
Des sentiers qu'il connaît dédaignant la routine,
Son amour de la gloire est capable de tout
Et du plus rude obstacle il sait venir à bout.
Comme une fée, il change en splendide parure
Une rebelle et indémélable coiffure.

2

On dit qu'il a pour vous un faible, et c'est certain :
Qui peut s'en étonner? il est votre parrain
Et vous donna deux noms : *Laure*, pour la mairie,
Laurette pour les cœurs qui par instinct savaient
Votre future gentillesse et lui voulaient,
Pour la chanter un jour, une rime fleurie;
N'allez pas l'en blâmer et faites, sans façons,
Profit de ses avis comme de ses leçons.
Il méprise la mode, et la femme coquette
Sait que de la beauté, seul, il a le secret,
Et, n'en doutez pas, il vous préfère, Laurette,
En bandeaux, sur le front, séparés sans apprêt.

Malgré le vent, la pluie, un souffle poétique
A, par vous, animé notre séjour rustique,
Pendant les quelques jours, par lui rendus si doux,
Que vous avez passés, au Fréhaut, près de nous,
Sans jamais défaillir dans la tâche sévère
Qu'impose le devoir à l'épouse, à la mère,
Gardez toujours pour la famille et les amis
Tout le lot de faveurs que l'art vous a transmis,
N'en laissez pas s'étioler la vaillantise,
Et pendant que votre jeunesse poétise,
Ne soyez pas ingrate envers le don d'aimer,
Envers celui de croire et celui de charmer,

Car dans chaque banquet où rayonne une flamme,
Toujours seront fêtés, venant de votre part,
Les trois cultes auxquels vous partagez votre âme :
    La foi, le cœur et l'art !

Au Fréhaut, 16 septembre 1896.

A CLÉMENCE MA PETITE-FILLE

*Qui m'avait demandé de lui écrire aussi quelques vers,
puisque j'en avais écrit pour Jeanne.*

Tu veux, ma chère Enfant, que ma main te crayonne
Quelques-uns de ces vers que j'ose écrire encor ;
Mais pour complaire à ta jeunesse qui rayonne,
Ma Muse, hélas ! n'a plus son juvénile essor.

Jeune, autrefois, j'aurais trouvé pour te les dire
Des mots jeunes aussi, — j'aurais sur tes yeux bleus,
Sur tout ce qui s'éveille en toi, sur ton sourire,
Sur ta nature aimante, épuisé tous mes vœux,
Vanté bien haut ta voix, ta taille et ta sveltesse.
Mais ce jadis est loin, — déjà depuis longtemps
Pour parler à ton cœur je n'ai que ma vieillesse,
Ce n'est pas suffisant quand on a dix-huit ans.

Les rimes d'un Parrain et celles d'un Grand-Père
N'ont pas autant de prix qu'un simple billet doux
Ecrit par une main pas du tout littéraire,
Mais venant d'un jeune homme aimé qui pense à vous.

Les vers ne sont que le mélange harmonieux
De mots réunis par un savant assemblage,
Tandis qu'on les étale aux regards curieux,
Le billet, près du cœur, se met dans le corsage.

Rimes des vieux, amusement de leurs loisirs
Et dont les souvenirs occupent les pensées,
Réservez vos sonnets, réservez vos soupirs
Pour les anciens regrets et les choses passées !
Quant à mettre dans les cœurs le trouble et l'émoi,
Vous êtes sans pouvoir ! ô ma gente filleule,
Un jour, à cet égard, tu diras comme moi,
Lorsqu'à ton tour, plus tard, tu seras une aïeule.

Ecrit au Fréhaut, le 8 juin 1896.

A MA FILLE

Pour le quatorzième Anniversaire de son Mariage.

LES REGAINS

Le soleil de septembre a prêté ses rayons
Pour sécher les regains qu'avait noyés la pluie ;
Le laboureur avant que le beau temps ne fuie
Court aux rateaux et laisse en repos ses sillons.
En se rendant aux prés chacun a carte blanche
Et toutes les maisons se vident à la fois,
Le Pasteur a permis le travail du Dimanche,
Sauf le temps de la messe, à ses bons villageois.
Le regain, c'est la manne attendue à l'étable,
Nous promettant du beurre et du café au lait ;
Un repas savoureux et toujours délectable
Quand il est parfumé, mêlé de serpolet.
Pour le lapin c'est une friandise
Qui le console un peu de la captivité,
Et pour mon odorat c'est une gourmandise
Qu'à cette heure il aspire avec félicité.
Ce soir, de tous côtés, de la campagne monte

La nouvelle senteur des herbages fauchés,
Et son arome, au clair de lune me raconte,
Celui des derniers foins qu'en juin l'on a séchés.
Il me dit aussi que dans le cours de la vie
Il est d'autres regains, dont la forme varie,
Que, faute de savoir, comme aux champs, se hâter,
On laisse perdre sans pouvoir les récolter :
Vieux amis qu'on retrouve au seuil de la vieillesse ;
Réveils de la force et de la virilité ;
Après les jours de deuil, retour de la gaîté ;
Rêves et romans de la seconde jeunesse !
Il me dit qu'en automne on peut encor cueillir
Aux rosiers remontants des roses parfumées,
Que le bonheur souvent rénaît sans plus faillir,
Comme aux divas la voix après s'être enrhumées ;
Que la forêt coupée à blanc étoc, l'hiver,
Au printemps reverdit et montre son sourire ;
Qu'après l'avoir rudement secoué, la mer
Presque toujours au port ramène le navire.

Ma chère Enfant, lorsque pour toi s'annoncera,
Après avoir été longtemps épouse et mère,
La saison des regains, quand elle arrivera
Savoure bien ses dons, sois-en bien ménagère.
Est-il moins doux de voir quand on a déjà vu,

Et le cœur sent-il mieux avec l'expérience ?
Lorsqu'à tous nos besoins le matin a pourvu,
Doit-on bénir le soir qui verse l'abondance ?
Ont-ils chacun, ma fille, une égale beauté,
Les regains de l'automne et les foins de l'été ?

19 septembre 1896. — Après avoir, tous les deux, la veille, au soir, savouré à
la fenêtre de ma chambre à coucher l'odeur des regains coupés, pendant un
beau clair de lune.

GRAND-PÈRE ET PARRAIN

Qui m'avait demandé de lui écrire quelques vers

Ma chère Enfant, le lendemain de ta naissance
Tu fus, par l'abbé Riche, ondoyée à Paris ;
Tes yeux étaient fermés, et tu n'eus connaissance
De rien, ce dont personne alors ne fut surpris.
Mais quand, trois mois plus tard, tu reçus le baptême,
Tes yeux, à Lunéville, étaient tout grands ouverts,
De cet acte ils ont vu tous les acteurs divers,
Surtout l'abbé Hoffmann, ta grand'mère et moi-même,
La marraine (et pour cause) étant ce jour absente,
Sa place avait été donnée à celle-ci,
Et c'est, tu t'en souviens, la famille présente,
Le vingt-six février qu'il en advint ainsi,
Et la date doit t'en être doublement chère,
Car c'est aussi celle où vint au monde ta mère.
De te choisir un nom lorsqu'il fut question,
Bien que *Jeanne* chez nous fût de tradition,
J'aurais aimé pour toi le prénom de Nicole

(Quoi qu'on ait dit qu'il sent un peu l'école)
Tout simplement en l'honneur de Saint-Nicolas
Qui, le six de décembre, et par la cheminée
Profitant de la nuit ou de la matinée,
S'en vint, tout essoufflé, t'apporter dans nos bras.
Bien que ta mère affirme, avec grande assurance,
Que ce n'est pas au saint que l'on doit ta naissance.
Mais mon autorité n'avait pas prévalu,
Et tes parents de ce prénom n'ont pas voulu,
Pas plus qu'ils n'ont, trois ans plus tard, goûté pour Pierre
Né le jour de Noël, celui de Christian
Dont toute âme pieuse eût été, certes, fière
Et le souvenir de naissance édifiant.

Nul ne peut être, en même temps, parrain et père,
Mais ce double lien au grand-père est permis,
Toutefois, en revanche, un principe sévère
Du concile de Trente est seul encore admis,
C'est celui de la parenté spirituelle
Qui s'établit entre l'enfant et le parrain,
Mettant à leurs deux cœurs, pour l'avenir, un frein,
Si de s'aimer un jour ils avaient l'étincelle.
On ne peut tout prévoir, l'amour est un sournois
Qui se glisse partout sans que nul ne s'en doute,
Près des fonts baptismaux, sous le couvert des bois,

Et qu'on n'a pu jamais empêcher en sa route.
Savais-tu cela, Jeanne, et comprends-tu pourquoi
En le choisissant vieux, personne ne s'expose
A l'écueil d'un penchant que prohibe la loi,
Au malheur de s'aimer en vain, affreuse chose !
On doit donc de ce rôle écarter tout bambin,
Se souvenant d'avoir entendu Chérubin
Quand il chantait combien son cœur avait de peine
De s'être pris d'amour pour sa belle marraine.

Dans les contes anciens de Madame d'Aulnois
Les marraines étaient presque toujours des fées,
Mais chez les protestants, les Turcs et les Chinois,
Les lois se sont au parrainage rebiffées.
A la ville un parrain est souvent oublieux
De son titre et parfois chacun le perd de vue,
Mais ses devoirs, au village, sont sérieux,
Le mot oblige et l'assistance en est prévue.
Pour soutirer l'argent on s'adresse aux parrains,
Comme pour l'eau des champs on a recours aux drains,
On n'entend que : bonjour parrain, bonjour marraine !
En toute occasion, sur le tôt, sur le tard,
Et c'est considéré comme une bonne aubaine,
Quand on a pu mettre la main sur un richard.

Des parents les parrains sont comme la doublure ;
En religion c'est le subrogé tuteur
Qui veille sur l'enfant lorsque le Tentateur
Veut faire à sa foi prendre une fâcheuse allure.
Dans le monde, ce sont des donneurs de bonbons
Qu'on conduit à l'église, au baptême, en carrosse,
Avec une commère, et qui ne sont plus bons
Souvent qu'à figurer dans des repas de noce.

Les grands-pères s'en vont, les grand'mères aussi,
En laissant aux Printemps le lot de leur tutelle,
Les enfants, les filleuls dont ils avaient souci
Les auront oubliés à la saison nouvelle.
Pour leurs prudents conseils et leurs sages leçons
Ils n'auront plus bientôt que de l'indifférence.
Les jeunes cœurs aiment la joie et les chansons,
Et Dieu ne les a pas armés de prévoyance ;
Mais quand ils seront vieux ils les imiteront,
De ceux qui sont partis ils reprendront la tâche,
Puis à leur tour, hélas !.leurs descendants diront
Pour tout remercîment, que chacun d'eux rabâche !

Au moment où la vie attarde ses adieux
A mes jours déjà longs, fatigués d'espérance,
Je sais qu'il faut s'attendre à cette triste chance,

Et ne suis d'un autre sort ambitieux ;
Il me suffit, par toi, Jeanne, quand ta caresse
Effleure doucement, chaque jour, ma vieillesse,
De m'entendre appeler ton grand-père et parrain,
Et d'avoir, de ton cœur, toujours une part... hein ?

Février 1895.

A LAURETTE

> Un vieil accord unit le peintre et le poète.
> (DELILLE, épitre à sa femme qui était peintre elle-même.)

Au milieu des Enfants que le Fréhaut s'apprête
A rassembler pour en cimenter l'union,
Vous, si désirée, ô poétique Laurette,
Seule vous manquerez à la réunion.

Lorsqu'à table l'aï, faisant explosion,
Y répandra la joie et l'animation,
Mon cœur sentira trop combien il vous regrette
Et la fête, à mes yeux, ne sera pas complète.

La Muse sera triste en vous sachant si loin,
Car elle est votre amie et bien souvent répète
Qu'un viel accord unit le peintre et le poète.

Mais la belle Nature a surtout plus besoin,
Pour traduire d'ici le charme tout agreste,
De votre pinceau que de ma rime modeste.

24 juillet 1877, au Fréhaut.

A MES PETITS-ENFANTS

Vous aimerez plus tard, petits enfants joueurs,
Et d'autres sentiments que votre cœur ignore
Remplaceront les jeux et toutes les ardeurs
Qui, pour vous rendre heureux, vous suffisent encore.

Un jour viendra bientôt où vous serez lassés
Des courses en tricycle avec vos camarades,
Où votre entrain, votre joie et vos promenades
Par les rêves du cœur seront tous remplacés.

Dans peu de temps la folâtre petite fille,
Compagne de vos jeux, de vous s'éloignera,
Elle deviendra femme aux manèges habile,
Et peut-être quelqu'un de vous l'adorera ;

Peut-être, après avoir parcouru dans la vie
Les étapes du cœur et de l'ambition,
Regrettant d'avoir eu la pensée asservie
A la fièvre des sens et de la passion,

Vous tournerez alors vos regards en arrière,
Pour y revoir les instants passés au Fréhaut,
Et vos élans de jeunesse primesautière,
Quand vous étiez si gais, quand vous criiez si haut.

En attendant, jouez, courez à perdre haleine,
Soyez heureux, Enfants, jusqu'à l'heure prochaine
Des ivresses que l'amour viendra vous offrir, —
Car ces ivresses-là font souvent bien souffrir.

Fréhaut. 19 août 1896.

A MADAME GEORGES K...

La bonté dans les mots est le fard du langage,
Un produit parfumé de l'éducation,
Mais qui, parfois, sous le sourire du visage,
Cache la jalousie et l'indiscrétion.

La bonté véritable, obéissante et sage,
Est celle dont l'indulgence est l'expression,
A tous faisant accueil, dont la séduction
Est d'ignorer de la médisance l'usage.

Vous l'avez dans le cœur ce gage conquérant
Que le Midi, Madame, a fait exubérant
Pour venir réchauffer nos élans par les vôtres;

De tous vos dons charmants qui ne serait jaloux !
Etre belle, être aimée, est un bonheur pour vous,
Etre bonne, Madame, en est un pour les autres.

12 juin 1896.

A MADAME JULIETTE JANDEL

Ma vieille amie et future centenaire, en lui envoyant un livre.

L'été dernier, Coppée, en approuvant mon vers :
« La jeunesse n'est point dans les ans que l'on compte »,
Sans vous connaître avait célébré les hivers
De ceux que vous avez sans en savoir le compte.
Vous avez su garder, en dépit du Destin,
La santé, la beauté, l'esprit et la mémoire :
Sur votre cas, Madame, en français, en làtin
On pourrait faire, à l'Académie, un mémoire
Très suggestif, mais surtout plus qu'intéressant,
Pour être aimée et rester jeune en vieillissant.

    10 juillet 1897.

LA ROSE ET L'HÉMÉROCALLE

A Madame Edmond Guérin.

Un poète a, jadis, discrédité la Rose
En l'accusant de n'avoir qu'un trop court destin,
Et le public a répété partout la chose,
L'écho du monde, hélas ! est quelque peu crétin.
Non, la beauté dont brille, en sa robe nouvelle,
    La rose, a plus d'un lendemain,
Et c'est ici, l'hémérocalle et non pas elle
    Qui vit l'espace d'un matin.
J'en ai planté beaucoup emmi mon vieux jardin
Pour en parer l'été de Juillet et de Juin.
Chaque jour, sur son corymbe, une fleur pareille
S'ouvre pour remplacer la sœur qui se flétrit,
En laissant croire aux yeux que c'est encore celle
Que la veille ils ont vue et jamais ne périt.
Mais la fécondité la plus belle fait trève...
Pour la plante, un matin, cette heure arrivera,
Où, cessant alors de fleurir, jusqu'à la sève
De l'an prochain l'hémérocalle dormira,
Tandis que le rosier qu'aujourd'hui l'on cultive

Se couvre de ses fleurs dans toutes les saisons,
Et, survivant aux flores que nous connaissons,
Pour s’en orner aucun corsage ne s’en prive.
La rose que Malherbe a connue autrefois
    N’existe plus dans nos nouveaux parterres.
C’était sans doute quelque églantine des bois
    Qu’au jour le jour effeuillaient les bergères.
La nôtre dans un reparaître gracieux
Renaît sur le rosier toujours fraîche et modeste,
Pour régner sur les cœurs aimants, jeunes ou vieux,
C’est là sa royauté que nul ne lui conteste,
    Et, sans cesser variant sa couleur,
Variant son parfum, avec ou sans épines
S’offrant pour la gaîté, s’offrant pour la douleur,
    Aux amitiés heureuses ou chagrines,
Plus on la cueille, plus on la voit revenir.

Vous le savez mieux que personne, vous, Madame,
Que la maternité n’a fait que rajeunir,
Qui consolez la souffrance qui vous réclame,
Dont la beauté du corps et les dons persistants
Ont servi de modèle aux rosiers remontants.

30 juillet 1897.

A MADAME W. E.

La joie est grande quand un jour il nous arrive
Un bonheur sur lequel le cœur ne comptait plus,
Telle une épave, au loin partie à la dérive,
Que sur la grève, un soir, ramène le reflux.

Mais ce n'est pas toujours seulement sur la rive
Que les retours de l'épave sont attendus,
Les regrets suivent l'homme, et son âme plaintive
Redemande aux échos les biens qu'il a perdus.

Madame, en revenant vers moi, la main tendue,
Vous avez apporté l'épave inattendue
Que rêvait cependant la plage du Fréhaut.

Hier, l'émotion par mon cœur éprouvée
Et le bonheur de votre amitié retrouvée,
Je vous l'ai dit tout bas... je veux le dire haut !

Au Fréhaut, 3 août 1897.

A DEUX FIANCÉS

STANCES

Etre aimé quand on aime est le voyage à deux
Dans le ciel empyrée,
C'est un nectar divin que verse aux amoureux
La blonde Cythérée.

Aimer en espérant que l'on vous aimera,
Chacun le fait ce rêve,
Mais douter de l'amour que l'on inspirera
Est un tourment sans trêve.

Pour fixer du bonheur l'avenir incertain
Facile est le problème,
Il s'écrit en cinq mots et n'a qu'un seul refrain :
« Etre aimé quand on aime. »

17 février 1897.

RÉMINISCENCES

A Madame Valérie Coutant.

Depuis que nous avons chacun quatre-vingts ans,
Pensez-vous, comme moi, plus souvent aux années
Madame, où nous n'étions que de petits enfants,
De tendres amitiés, par la main promenées ?...
Vous souvient-il parfois du logis Jeannequin
Où pendant quelque temps l'on vécut côte à côte
Et d'où vous éloigna de nouveau le Destin ;
Puis comment, ainsi qu'un cousin de Pentecôte
En quête d'un parent disparu qui se croit
Oublié dans un coin, à l'abri de corvée,
Un jour, au quai d'Orsay, je vous ai retrouvée
Mariée, à Paris, où je faisais mon Droit ?...
Depuis lors nous avons parcouru, l'un et l'autre,
Le chemin de la vie où nous avons connu
Tous les deux, en suivant moi, le mien, vous, le vôtre,
Le rêve du bonheur sans l'avoir obtenu :
Les agitations, les craintes, la souffrance
Sans cesse ont côtoyé nos pas de voyageurs
Qu'à défaut du Présent bien souvent l'Espérance

A seule soutenus au milieu des labeurs ;
Puis enfin est venue, au déclin de la vie,
Cette heure de repos et de recueillement
Où la pensée et le cœur refont tristement,
En descendant, la route qu'ils avaient gravie.
A chaque étape ils trouvent avec les regrets
De quelques jours heureux, au fond de chaque ornière,
Des traces de chagrin, — ce n'est qu'à la dernière
Que le revoir en est savoureux, pur et frais.

En causant avec vous de ce temps-là, Madame,
Et de ces souvenirs tous gravés dans mon âme
Qui nous ont vers l'enfance un instant ramenés,
Dans un rapide éclair on l'eût dit revenue,
Se dressant devant moi, cette époque ingénue
Où nos cinq ans étaient ensemble promenés.

Octobre 1896.

DILETTANTISME

A Madame Quatre Etoiles.

A l'instar des vieux courtisans,
Amis nouveaux de chaque aurore,
Dont les soupirs agonisants
Voudraient se faire entendre encore,

Ne pouvant les mettre à vos pieds,
Mes quatre-vingts ans vous saluent
Et tout meurtris, estropiés,
Autour de vous ils évoluent.

Laissez leurs yeux vous contempler,
Voir et goûter votre sourire,
Laissez leur cœur vous rappeler
Ce que, moi, j'ose à peine écrire :

C'est que, Madame, il fut un temps
Où pour vous posséder ravie,
J'aurais donné quatre-vingts ans
De bonheur, de rêve et de vie.

SONNET A UNE INCONNUE

Devant les bouquets dont sa chambre est parfumée
La grande Dame en rêvant dans son lit douillet
Près d'eux ne goûte pas une heure plus charmée
Que le pauvre ouvrier devant son pot d'œillet.

Rien ne remplace pour la Sultane enfermée
La marguerite que sa jeunesse effeuillait,
Et pour le fruit d'hiver la saveur embaumée
Que prodigue, au grand air, le soleil de juillet.

La splendeur d'un harem tout parsemé de roses,
Le grand nombre, le prix et la beauté des choses
Ne sont pas, pour le cœur, ce qui le fait aimer :

Ce qu'il lui faut, Madame, et qu'il vient réclamer
Pour se donner, c'est la douceur, c'est la souffrance !
C'est ce que vous avez : la foi, la confiance !

24 février 1896. — Après avoir entrevu un beau pot fleuri d'œillet derrière la
fenêtre d'une échoppe de savetier.

LE REPOS

A Madame ***.

Le vrai Repos n'est pas celui des gens blasés
Qui ne s'enivrent plus ni d'amour, ni d'étude,
Il ne faut pas, pour lui, des êtres épuisés,
Mais des vaillants qui du travail ont l'habitude.

Lorsque le cœur a soif de bonheurs reposés,
Il évoque le calme et la béatitude
Que laissent dans les sens, de leur fièvre apaisés,
Des lendemains d'amour la douce lassitude.

Le repos est meilleur quand on a réussi,
Quand c'est le devoir accompli qui le réclame,
Quand il ne laisse dans notre âme aucun souci,

Mais celui qui m'est cher et que j'avoue ici,
C'est après un effort pour vous plaire, Madame,
Le sourire de vos lèvres qui dit : merci.

18 février 1896.

L'ATTENTE

Attendre est triste quand celle qu'on voudrait voir
N'est pas venue et que la fin du jour s'achève,
Mais il est doux lorsqu'on attend dans le boudoir
De sa chambre à coucher qu'un rideau se soulève.

La floraison dans la nature, c'est l'espoir,
Et la maturité n'est que la fin d'un rêve ;
Les soupirs du cœur sont les désirs de savoir
Et les vœux accomplis un bandeau qu'on enlève.

Quand l'avenir que l'on voudrait voir à l'œil nu
Nous berce de songes dorés, son inconnu
Entretient dans nos sens une fièvre latente,

Mais quand le temps a vieilli les émotions
Et converti les désirs en déceptions,
On regrette parfois les soupirs de l'attente.

17 mai 1895. — En attendant, dans mon lit, mon café au lait.

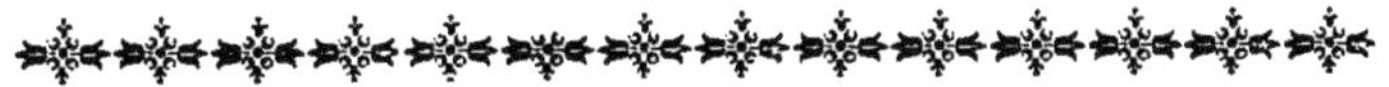

AMÉNITÉ ET BONTÉ

Chère aux réunions qu'elle vient parfumer,
L'Aménité, cette sœur de la Sensitive,
Comme elle est délicate et du toucher craintive,
Mais, dans le monde où le mérite est de charmer,

Si savoir être aimable est un don qui captive,
La bonté qu'on pratique est ce qui fait aimer ;
Elle fixe le cœur et le fait désarmer
Quand il veut se soustraire au devoir qui le rive.

Indulgente et toujours prête à tous les pardons,
Partout elle est bénie, hormis dans les salons
Où l'amabilité, plus qu'elle, est estimée.

Celle-ci n'est pourtant qu'une séduction,
Qui laisse le cœur froid et sans émotion,
Et l'on peut être aimable et ne pas être aimée.

21 mai 1896. — En revenant du Fréhaut.

LE CŒUR ET LA RAISON

La Raison que chacun à son caprice arrange,
Est pour tous un flambeau dont la lumière étrange,
Au début de la vie obscurcit les espoirs
Pour à la fin des jours en éclairer les soirs.

Le matin on la fuit lorsque sa voix dérange
Nos jeunes passions en parlant des devoirs,
Et, plus tard, on l'écoute alors qu'en nous tout change
Et que la fatigue a besoin de reposoirs.

Mais quel que soit ce qu'aura résolu le sage,
Et malgré la raison qu'il reçut en partage,
Le plus souvent le cœur le suit à contre-sens,

Car l'homme est toujours le prisonnier de la femme
Dont les regards céruléens lui troublent l'âme
Et dont les vénustes du corps troublent ses sens.

13 mai 1896. — Terminé au Bosquet.

L'AMOUR AU VILLAGE
SONNET

Courbée en travaillant la pauvre laboureuse,
Songeant au bon ami qu'elle verra le soir,
Abrite dans son cœur la pensée amoureuse
Autant qu'une duchesse en son riche boudoir.

En retournant le foin, en bêchant dans la vigne,
On échange de gais et de tendres aveux,
L'herbe qu'on met en tas et le cep qu'on provigne
Sont les premiers confidents des cœurs amoureux,

Dans le monde, à la messe en offrant l'eau bénite,
Au théâtre, malgré le regard qui s'évite,
Au bal, timidement, l'amour fait son métier,

Mais s'il est, au début, plus naïf au village ;
La liberté des champs lui donne du courage
Et la plupart du temps son triomphe est entier.

22 mars 1896. — En allant au Fréhaut.

CONFESSION DU SOIR

Par le démon charnel sollicité sans cesse,
Contre lui l'Idéal m'a souvent défendu ;
Chez moi, les affolés désirs de la jeunesse
Se sont calmés devant un sourire éperdu,
Et le philtre divin que la femme distille,
Qui coule de sa voix et de ses yeux baissés,
Ont triomphé toujours des baisers de la fille,
Des caressements et des transports insensés.
Lorsqu'aujourd'hui, dans mes vieux souvenirs, se mêle
Un frisson du passé, — pour se rendre vainqueur
Du démon qui survit et veut troubler le cœur,
Il suffit d'évoquer l'image chaste et frêle
D'un amour apparu dont on rêva l'espoir,
Ou d'une causerie, au coin du feu, le soir,
Où deux cœurs, tourmentés de semblables souffrances,
Echangèrent, émus, de tendres confidences.
Entre l'âme et les sens un éternel combat
S'est livré de tout temps — et l'homme se débat
Pour doter l'existence, alors qu'elle s'achève,
De regrets sans remède et de remous de rêve !

10 septembre 1896. — Au Fréhaut.

LE RÊVEUR

N'ayant goûté que la volupté mercenaire,
Il est toujours resté rêveur et solitaire;
La femme, ce Protée aux mille aspects nerveux,
Ne l'a point enivré de son spasme amoureux;
S'étant nourri de poésie et de musique,
Il n'a jamais connu que l'amour platonique;
Mais quand l'insomnie à d'autres est un tourment,
C'est l'heure, pour lui, d'un divin rayonnement.
— Les pensers du rêveur entraînent à leur suite
Les heures de la vie, en jalonnant leur fuite
De projets lumineux et d'incessants espoirs
Qui viennent de ses jours illuminer les soirs.
Pour éveiller son âme il n'appelle à son aide
Ni spectacles bruyants, ni souvenirs de fête;
Aux appétits des sens quand il a succombé,
Dans le piège, avec eux, son cœur n'est pas tombé,
Et le rêve affamé d'idéales ivresses
Reparaît tout entier au sortir des caresses.
Les jugements du monde et celui des viveurs
Sont toujours sans pitié pour les humbles rêveurs

Qui sont des insensés, dont le dédain les fâche,
Aux yeux de tous ceux qui poursuivent sans relâche,
Dans les déceptions de la satiété,
Partout le feu follet de la réalité.
Mais celui dont on plaint l'erreur folle et hautaine,
Souriant à son tour de leur poursuite vaine,
Jamais n'est lassé des mélancoliques voix
Que la nature aimée égrène au fond des bois.

21 août 1896.

ABDICATIONS

Je ne suis plus d'âge à fatiguer ma cervelle
A poursuivre sans cesse une rime nouvelle
En respectant, pour plaire aux rhétoriciens,
La consonne d'appui chère aux Parnassiens.
Banville est mort, Hugo de même, et le cénacle,
Lorsqu'Alfred de Musset écrivait le spectacle
Dans un fauteuil, Rolla, les Nuits et Namouna,
Vainement l'a blâmé des vers qu'il façonna ;
Son rhytme, plus puissant que les lois de caprice,
Est sorti triomphant et vainqueur dans la lice.
Il a dit à son cœur de parler comme il sent,
A ses vers d'être beaux, à la règle rebelle
De se soumettre à lui, à la muse immortelle,
De lui prêter sa lyre au poétique accent, —
Il eût demandé plus encor si son génie
N'avait su se passer de tous les autres dons.
Cependant une école en ce moment renie
Jusqu'à sa rime et la poursuit de ses lardons,
Car des anciens renoms les novateurs n'ont cure
Dans les cénacles de la Plume et du Mercure.

— Le Romantisme avait rudement enterré
Boileau, la tragédie et le poème épique ;
Après lui le Parnasse, ayant accaparé
Son rang, s'était assis au trône académique.
Chacun s'en trouvait aise alors qu'est survenu,
Soufflant sur tout cela, un vent de République,
Et qu'un arrêt dicté par le premier venu
Aux Parnassiens a dit d'abdiquer sans réplique.
— Les poètes vont-ils subir des décadents
La domination révolutionnaire,
Devant ces insurgés armés jusques aux dents
Vont-ils donc incliner leur drapeau débonnaire ?

  .   .   .   .

Muse des champs, Muse des prés, Muse des bois,
Muse des vieux foyers, indulgente et vêtue,
Que la beauté du vers par de sévères lois
Contre ces révoltés soit toujours défendue,
Mais pour moi sois bénigne en m'ôtant un grand soin
Ainsi qu'une tristesse à voir si repoussée
La rime sans appui dont ma plume a besoin
Afin de pouvoir mieux traduire ma pensée.
Ma poésie, hélas ! est sans prétention,
Ce n'est qu'un vêtement pour ma philosophie,
L'amour-propre et les ans que parfois l'on m'envie
Ont signé tous les deux leur abdication.

Muse, dernier amour seul permis au vieillard,
Ne me refuse pas la douceur de t'étreindre ;
Déjà sur mes pensers se répand un brouillard
Dont la buée annonce un jour qui va s'éteindre ;
Sois pour moi dont le corps, dont le cœur s'affaiblit,
Comme un garde-malade au chevet de mon lit.

Muse des derniers jours et Muse de l'enfance,
Chantez l'hymne de vie à la mort qui s'avance !

7 mai 1896. — Ecrit dans mon bureau, achevé au cimetière.

LA CHAIR ET L'IDÉAL

En tout temps, en tous lieux, vers le bien, vers le mal,
L'homme a toujours suivi quelque instinct qui l'entraîne,
Et dans tous les pays, la Chair et l'Idéal
Ont divisé les goûts de la nature humaine.

Chez les êtres il est un attrait génial
Que ne peut conjurer la volonté sereine,
Et, tour à tour, on voit soumis au joug égal
Le corps obéissant et l'âme souveraine.

Bien souvent dans la route où s'engage le cœur,
Dans sa lutte avec lui la chair est son vainqueur,
Les sens ont triomphé — mais l'Idéal surnage.

Souvent aussi, poétisant sur un radeau
Qui glisse à la surface immobile de l'eau,
Le Rêve se croit seul — mais le désir sous nage.

7 mai 1896. — En allant au Fréhaut.

LES CHAMPS ÉLYSÉES DU CŒUR

La pensée et le rêve ont horreur de la mort,
Sans cesse pour la fuir ils recherchent un port
Où l'on puisse éviter la douleur, l'inconstance,
Et s'y mettre à l'abri de la désespérance,
Un paradis fermé dont rien ne troublera
L'éternelle paix que chacun y goûtera.
Or, comment découvrir cet idéal asile
Tout rempli de bonheur et de sécurité.
— Au dedans de soi-même est-il donc difficile
D'en trouver le foyer et la réalité !
Lorsque chez lui les passions sont apaisées
Tout homme, dans son cœur, a ces Champs Élysées
Où sont, ensemble réunis, les espéreux,
Ceux qui de la beauté sont restés amoureux,
Tous les amis constants et les femmes fidèles
Dont les maris heureux ne s'occupent que d'elles,
Où l'on voit même, hélas ! d'infortunés auteurs
Au delà de la tombe espérant des lecteurs !
— C'est là qu'il faut chercher le port où la Pensée
Sur le bonheur sans fin désire être fixée,

Où la Foi met en nous de confiants désirs
Dont l'Espérance sait en bercer les soupirs.
C'est là le Paradis et les Champs Élysées
Dont l'entrée est sans cesse ouverte au genre humain,
Le seul refuge où les passions opposées
Peuvent se retrouver en se donnant la main,
Où l'on comprend, enfin, qu'à l'abri de l'envie
Aimer, croire, espérer, tout est là dans la vie.

18 mai 1896. — En revenant du Fréhaut.

ÉTIQUETAGE DU SOUVENIR

Il est un âge où le cœur voudrait réunir,
Pour les revoir, tous les témoins du souvenir.
Elle est venue aussi, pour moi, cette heure triste
Qui me laisse étranger à la vie où j'assiste
Et me condamne, hélas ! à vivre du passé.
En la voyant venir je m'étais empressé
De recueillir, pour les montrer à ma vieillesse,
Les gages, vieux témoins des jours de ma jeunesse,
Mais lorsque j'ai voulu, pour les saluer tous,
Ensemble, autour de moi, leur donner rendez-vous,
Je n'ai plus retrouvé que des objets sans date
Dont l'origine était d'une recherche ingrate :
Ecorce d'arbre, ou fleur sèche, ou fragment de mur,
Qui m'ont appris qu'afin d'avoir un abri sûr
Les pages d'un vieux livre, ou le fond d'une armoire,
Sont insuffisants pour conserver la mémoire
De tout ce que l'on veut garantir de l'oubli,
Et que du temps, qui fut par le cœur embelli,
On ne reconnaît plus les témoins que l'on guette
Lorsqu'on n'a pas eu soin d'y mettre une étiquette.

21 mai 1896. — En allant au Fréhaut.

LE CŒUR PHONOGRAPHE

Le cœur ne vaut que par sa puissance d'aimer,
Et, sa richesse, par ce qu'il emmagasine
De souvenirs qu'il peut à toute heure exhumer
Et retrouver, toujours vivants, dans la poitrine.
Ce n'est jamais l'éclat des fortes passions
Ni des grands sentiments qui donne sa mesure;
Ses succès dans le monde et ses séductions
Sur sa constance ne sont pas ce qui rassure,
Tandis qu'il garde la mémoire et se nourrit
D'un doux regard, d'un mot, d'un geste, d'un sourire,
Approvisionnant la pensée et l'esprit
De riens charmants et doux qu'on ne saurait traduire,
Et que n'ayant surtout parfois que rarement
Connu d'un cher baiser l'enivrante caresse,
Fidèle à cette joie, à son double serment,
Il en revoit partout l'image charmeresse.
Le cœur de Don Juan et de Casanova,
Dans la promiscuité de l'amour volage,
Saturé des enchantements qu'il éprouva,
Sera comme une épave un jour sur le rivage

Où désormais nul ne viendra le ramasser
De ceux que son plaisir a poursuivis sans cesse,
Où nul songe étoilé ne viendra le bercer,
Le soir, d'une espérance, et, le matin, d'un rêve,
Car sur les grands chemins il aura dépensé
Ce que la raison dit de tenir en réserve :
Quelques restes pieux d'un roman commencé
Que l'homme prévoyant pour l'abandon réserve.
Aimer et jouir sont des bonheurs assortis
Que la Nature a faits pour aller côte à côte ;
Si contre le divorce ils ne sont garantis
Ce n'est, hélas ! ni par la loi, ni par leur faute.
Il faut subir l'arrêt qui limite pour nous
De leur union la complète plénitude,
Voir passer sur le corps, sans espoir de remous,
Le flot envahissant de la décrépitude.
C'est en vain qu'on voudrait lutter contre les ans !
Mais quand les sens sont morts, le cœur jamais n'oublie ;
Il sert de phonographe aux discours des amants,
Rappelant au Présent le Passé qui les lie
Et sait parler longtemps sans provoquer l'ennui
En racontant tout bas des choses défendues,
Et l'instrument discret ne répète qu'à lui
Les paroles d'amour qu'il avait entendues.

Juin 1896. — En allant au Fréhaut.

LES LENDEMAINS DES RÊVES

La cloche des quatre-vingts ans m'a fait entendre
Aujourd'hui les échos des rêves d'autrefois,
Et devant moi se sont dressés sans s'y attendre
Tous les acteurs du temps passé que je revois :
Saint-Cyriens rêvant de guerres glorieuses,
Savants en herbe, inventeurs en projets féconds,
Essaim folâtre de jeunes filles rieuses,
Étudiants épris de désirs vagabonds,
Et tous ceux qui, par la beauté, par la parole,
Par le génie, avaient l'espoir de parvenir ;
Sur la tête desquels planait une auréole,
Sourire du Présent, gage de l'Avenir.
Que sont-ils devenus, que font-ils à cette heure ?...
La guerre a mutilé le brillant officier ;
Un autre, inactif, s'est lassé de son métier ;
La science, inutile à celui qui l'effleure,
A conduit, ruiné, l'inventeur au tombeau ;
Après quelques printemps de jeunesse joyeuse,
Rivée à des devoirs, en pleurs près d'un berceau,
Épouse et mère, la jeune fille rieuse

A vu, dans la douleur, se flétrir sa beauté...
Combien sont-ils ceux dont le sort avare exauce
Les vœux, l'ambition, et dont la cruauté
Dans un chant divin n'a pas mis de note fausse !

.   .   .   .

Enfants que je chéris et voudrais voir heureux
Des jours bénis ne perdez pas les heures brèves,
Car pour les remplacer il serait dangereux
De toujours compter sur les lendemains des rêves.

1ᵉʳ septembre 1896.

MUSIQUES DU CŒUR

Au temps béni des jours de la jeunesse
       Tout espère et sourit,
Et ni soucis, ni causes de tristesse
       Ne traversent l'esprit.

De tous côtés les fleurs semblent écloses
       Pour la première fois,
Dans les jardins les épines des roses
       Ne piquent pas les doigts.

Le cœur naïf dans les yeux de la femme
       Ne lit qu'un doux regard
Qui, sans pitié, l'embrase d'une flamme
       Qu'il maudira plus tard.

Mais voici que la vieillesse est venue
       Implacable au Passé,
Rien ne sourit, la plaine apparaît nue,
       Le mirage a cessé.

On n'aperçoit plus que les roses fanées
     De ses anciens bouquets,
Oublieux des chants des jeunes années
     Les échos sont muets,

Et, dans les bois, chaque nymphe Sylvie
     Se rit du vieux traqueur...
Ainsi s'en vont, sur le tard de la vie,
     Les musiques du cœur.

12 février 1896.

VERGERS FLEURIS

Dans les vergers fleuris, tout parés de promesses,
En scrutant le passé mon cœur s'est souvenu
Que leurs espoirs m'ont procuré plus de liesses
Qu'en récoltant leurs fruits quand septembre est venu.

Aux premiers jours de mai, quand le pommier boutonne,
C'est l'enfant qui bégaie et veut bientôt parler,
Mais quand son fruit est mûr, au début de l'automne,
C'est un enfant grandi qui pense à s'en aller.

Le joueur qui se sent captivé par la chance
La préfère souvent à la réalité,
Et l'amoureux jamais n'hésite et ne balance
Entre la floraison et la maturité.

Quand la femme est aimée est-ce à la même dose
Lorsqu'elle est dans l'éclat de sa virginité
Ou portant dans ses bras un beau nourrisson rose,
Rayonnante de rêve ou de maternité ?

Espérance, vieux mot promettant des agapes
Aux viveurs, — aux amis, de longs jours d'amitié
Dont la vieillesse, hélas! raccourcit les étapes,
De tous les jours fleuris de la vie, — aie pitié!

29 avril 1896. — En revenant du Fréhaut.

AIMER ET DISPARAITRE

Dans la carrière qu'en tous lieux l'homme parcourt
Tout est circonscrit dans cette triple échéance :
Naître, vivre et mourir, — un espace bien court
Entre l'alpha et l'ôméga de l'existence.

Aimer et posséder, pendant ce temps réduit,
Est le but envié par les sens et par l'âme,
La seule impulsion à laquelle obéit
Tout ce qui naît, — la loi que la Nature acclame.

Chez l'homme, chez la fleur ou chez le papillon,
Pour se perpétuer, la divine Nature,
Dans le cœur de chacun a mis un aiguillon
Comme tâche imposée à toute créature.

Soit qu'il doive, ici-bas, voir couler de longs jours,
Ou qu'il ait d'un seul soir la durée éphémère,
L'amour, pendant ses longs ou rapides séjours,
Est l'unique devoir, — fût-il une chimère.

Qui veut exister doit acquitter les écots
Dont ne peut s'affranchir sur la terre aucun être,
Et tout est renfermé dans ces deux simples mots
Qui résument la vie : aimer et disparaître.

2 mai 1896. — En allant au Fréhaut.

PRÉVOYANTE TENDRESSE

TEXTUEL

Maurice Saunier a cinq ans à peine.

Petit Maurice en promenade était allé,
Avec les bonnes sœurs, un jour ensoleillé,
Laissant à la maison sa mère un peu souffrante
Et gardant encor le deuil du dernier souris
D'une enfant qui n'est plus : douleur toujours vibrante !
— Les côteaux et les prés étant partout en fleurs,
Maurice eut vite fait un choix de pâquerettes,
De pervenches, de boutons d'or, de violettes,
De tout ce que la flore à ses yeux présenta,
Puis, dans ses bras, en prit une grosse brassée
Que, sans vouloir être aidé, seul, il rapporta
Sans qu'on pût deviner quelle était sa pensée.
La mère à son retour ne se put retenir
D'admirer les fleurs qu'il avait su réunir :
« Oh ! le riant bouquet ! comment, mon cher enfant,
« As-tu songé, là-bas, à m'offrir ce présent ?
« Quand tu quittes ta mère, en te sentant loin d'elle,

« Ton cœur lui reste donc sans cesse aussi fidèle ?

« — Ah ! c'est bien sûr, bien sûr, que je pensais à toi,

« Petite mère, mais tu ne sais pas pourquoi,

« Quand j'ai cueilli ces fleurs, je cachais, ma pensée ?...

« C'est qu'en partant, après t'avoir bien embrassée,

« Je t'ai trouvé l'air si malade, dans ton lit,

« Et si triste, qu'en moi-même je me suis dit :

« A mon retour, maman peut-être sera morte,

« Alors pour bien montrer tout l'amour de mon cœur,

« J'avais fait ce bouquet afin qu'on te le porte

« Au cimetière avec ceux de petite sœur. »

25 mai 1896.

LE RÊVE ET LE DÉSIR

En le créant, pour river l'homme à l'existence,
Dieu dans son cœur a mis le rêve et le désir,
Et l'a doté du don divin de l'espérance,
Ce mirage sans fin, plus doux que le plaisir.

Lorsque leur attente est trop souvent déflorée
Par la réalité de décevants amours,
C'est vers le firmament que se tournent toujours
Le cœur malade et la poésie éplorée.

C'est là qu'ils retrouvent la paix qu'avait troublée
La passion terrestre et que, dans l'idéal,
Ils vont retremper leur virginité souillée
Par le contact impur d'un sentiment banal.

Mais il faut malgré tout redescendre sur terre
En laissant le rêveur vaguer dans le ciel bleu ;
Il est dans la nature un plus tendre mystère
A sonder que l'azur où s'égare le vœu.

Car l'homme, quel qu'il soit, jeune ou vieux, fol ou sage,
Ne peut, tout en portant ses regards vers les cieux,
Se soustraire à l'attrait d'un séduisant visage,
Au bonheur qui sourit au fond de deux beaux yeux.

Entre un secret céleste et celui d'un corsage
Comment peut-on, Madame, hésiter à choisir?
Pour les cœurs, ici-bas, dans leur pèlerinage,
Le ciel est le repos, la femme est le désir.

24 août 1896.

BICYCLETTES

SONNET

Petite pluie abat grand vent.(Proverbe.)

Femmes qui jalousez à l’homme ses braguettes,
En réclamant pour vous les mêmes droits qu’il a,
Avant d’avoir tout pris n’allez pas au delà
Du tolérable, et bornez-vous aux bicyclettes.

Qui gagne perd, chacun le dit, à ce jeu-là ;
N’attendez pas que l’on vous dise un jour holà !
A chacun son emploi ! — restez ce que vous êtes
Et telles qu’au début, pour nous, Dieu vous a faites.

Laissez aux hommes la science et la vigueur
Et ne cherchez à triompher que par le cœur
Si vous tenez à conserver votre influence.

Dans la famille et la nature on voit souvent
La douceur apaiser la force et la violence,
Et la petite pluie abattre le grand vent.

22 juillet 1897. — Au Fréhaut.

UN COMPROMIS

Deux époux, en s'aimant, différaient dans leur foi ;
L'épouse, le cœur plein de saintes espérances,
De sa religion accomplissait la loi ;
Mais, hélas ! le mari n'avait pas ses croyances.
Comme ils s'étaient tous deux, depuis longtemps promis
De ne jamais se séparer dans cette vie
Ni dans l'autre non plus, ils s'étaient ainsi mis
A marcher à rebours dans la route suivie,
Et la femme chrétienne, en souffrait en son cœur.
Comment s'aimer complètement, lui disait-elle,
Quand la raison prédit une fin au bonheur
Et repousse l'espoir d'une amour éternelle !
Que mon rêve du ciel soit un trompeur festin,
Ou, du fatal néant, que la crainte soit vaine,
A l'heure où prendra fin notre existence humaine
Rien ne pourra changer les arrêts du Destin ;
Pourquoi ne pas penser, croire, espérer de même,
Pourquoi prendre le deuil de l'amour quand on s'aime ?
Et chaque soir, au lit, lassés d'enivrements,
De leurs deux cœurs étreints les doubles battements

Au travers de la chair échangeaient des caresses
Qui leur disaient de croire aux divines ivresses.
Le cœur enfin vainqueur des doutes de l'esprit
S'était trouvé conquis aux espoirs de l'épouse,
Lorsque de leur tendre union la mort jalouse
Dans une catastrophe, ensemble, un jour les prit,
Et leur dit le secret du terrible problème,
Mais de leur vœu le Destin s'était souvenu,
Et dans la vie ou le néant de l'Inconnu,
Quel qu'ait été leur sort, ils subirent le même.

13 septembre 1897.

CORDONNIER POUR DAMES

FANTAISIE

Un déclassé comme on en voit tant à Paris,
A la fois platonique et rêveur de houris,
Pris d'un violent amour pour les beaux pieds de femmes,
S'était, pour l'assouvir, fait cordonnier pour Dames.
Un peu poète aussi, ses rêves libertins
Il les avait déjà chantés... en vers latins
Au collège d'abord, quand il voulut ensuite
De la réalité se mettre à la poursuite...
Le fait paraît étrange et quelqu'un me dira
Que c'est en plaisantant ce que je vous dis là...
    Croyez, si vous voulez, que la chose est un conte,
Je ne discute pas, simplement je raconte :
Dans un beau magasin et dans un beau quartier,
En montre il exposa la parfaite élégance
De la cordonnerie, ajoutant, au métier,
Des nouveautés de l'art la subtile attirance :
Cothurnes, brodequins lacés jusqu'au mollet,
Souliers décolletés, pantoufles en hermine,

Sandales du sérail, bas de soie au filet…
Tout pour la vue était d'affriolante mine.
Les femmes du monde aux caprices ingénus
Et le monde galant en quête afin de plaire,
Vinrent en foule, et le poète eut fort à faire
Pour chausser, déchausser, rechausser des pieds nus.
A tel point qu'un matin il lui vint en idée
D'établir un concours dans le quartier Bréda,
Mais il dut, quand la chose était bien décidée,
Y renoncer, se souvenant du mont Ida
Où Pâris, pour avoir de Vénus les tendresses,
Se mit à dos l'inimitié de deux déesses,
Or, pour ses goûts exquis, il avait intérêt
A faire appel au nombre, étant incontestable
Que l'appétit naît aux yeux, de même qu'à table
A l'estomac, par la variété qui plaît.
Laissant donc aux commis les vulgaires pratiques,
Dans un salon discret, tapissé de tableaux
Et tout plein de modernités mythologiques,
Il recevait le choix des sujets les plus beaux,
Parfois il y citait tout bas un vers d'Horace
Dont s'intriguait toujours la Dame en rougissant,
Mais ce carmin pour elle était moins déplaisant,
Quand elle s'en trouvait plus belle dans la glace.
Le regard du visage est toujours moins altier

Et le cœur féminin jamais ne se révolte
Contre un hommage vrai qu'en passant il récolte,
Fût-ce d'un chérubin ou bien d'un cordonnier.
Rêver, voir et palper pour lui résumait tout
Et le reste, à ses yeux, n'était que bagatelle,
En y perdant son temps, son cœur et sa cervelle,
On le pouvait avoir à toute heure et partout.
Se complaisant dans la passion frénétique
De l'amour de Byron pour la Giuccioli [1]
Suffisant à son cœur sensuel-platonique,
Parmi tous ses clients il choisissait pour lui
Les jolis pieds mignons que la coquetterie
De la femme exposait chez lui sans pruderie,
Et qu'à travers des bas transparents, parfumés,
Il tenait, pour l'essai, dans ses mains enfermés.
Hassan et don Juan, et leurs cinq cents maîtresses
N'étaient rien auprès des quotidiennes caresses
Dont le nombre jamais ne lassait son ardeur
Qui survécut longtemps aux atteintes de l'âge :
N'avait-il pas trouvé le secret du bonheur
Et, n'ayant mis le trouble dans aucun ménage,
Cet amour n'est-il pas plutôt celui d'un sage

---

[1] La marquise de Giuccioli écrivait : « Comment te faut-il prouver mon amour ? »
— Byron répondit : « En ne m'accordant jamais ce que ma folie, ce que ma fureur
te demande sans cesse, afin que notre amour reste éternellement beau et au-dessus
de l'humanité. »

Celui d'un philosophe et d'un homme de cœur?
En l'enviant tout bas, qui donc osera dire
Qu'il ne fut pas heureux et surtout plein d'honneur
Ce cordonnier poète, et qui viendra médire
De la moralité que je viens de conter?...
...Ne riez pas et gardez-vous de plaisanter :
Qui d'entre nous n'a pas, des temps de sa jeunesse,
Gardé le souvenir, dont les regrets sont vains,
D'un beau pied parfumé qu'emprisonnaient nos mains,
Frémissant aux baisers d'une folle caresse !

Au Fréhaut, ce 26 août 1897.

RIMES DIVERSES

LA CRITIQUE

A Madame L. T.

La critique ne voit qu'une face des choses,
En se tournant toujours du côté déplaisant,
Et, sans vouloir juger les motifs ou les causes,
Sa parole est perfide et son œil médisant.

Pour faire de l'esprit sa verve sacrifie
Chez les uns la vertu, chez d'autres le talent,
Et les amis, que divertit la comédie,
Ne sont pas à l'abri, parfois, d'un coup de dent.

En oubliant son cœur souvent elle s'égare,
Croyant que son venin peut la mettre à couvert
Contre chaque défaut ou contre chaque tare
Sur lesquels les voisins ont tous l'œil grand ouvert.

L'indulgence toujours appelle l'indulgence,
Et telle femme dont on a souvent conté
La tenue excentrique aura pour sa défense
L'auréole de son indulgente bonté.

Lorsqu'on veut sans cesse être aimé de ses semblables,
La satire est un don bien mal récompensé ;
Son triomphe est un deuil pour le cœur offensé
Et détourne à jamais les amis véritables.

Souvenons-nous que la bonté prime l'esprit,
Que la beauté, sans elle, est un mince avantage.
Et que, malgré tout, le mérite n'a de prix
Que lorsqu'il accompagne un bienveillant langage.

4 février 1895. — Perdu dans le brouillard en allant au Fréhaut.

LE TALENT D'ÉCARTER

A ma femme, pour le 60e anniversaire de sa naissance.

Tous les deux, chaque jour, en attendant le thé,
Nous faisons un *piquet,* parfois un *écarté,*
Et le soin principal, auquel chacun s'applique,
C'est de bien écarter cœur, carreau, trèfle ou pique,

Car nous savons que de là dépend le succès
De la partie, et que c'est en donnant accès
Ou bien en repoussant dans le jeu leur entrée,
Que la victoire au joueur peut être assurée.

Avides de jouir, les hommes ici-bas
Sont aussi des joueurs, mais qui ne savent pas
Débarrasser de mal les heures de la vie
Pour les passer en paix, sans regrets, sans envie.

Pourquoi ne peut-on pas défendre son bonheur
En écartant des sens, en écartant du cœur
(Comme au piquet, la carte ou qu'on jette ou qu'on laisse)
Tout ce qui les égare, ou tout ce qui les blesse !

6 février 1896. — En revenant du Fréhaut.

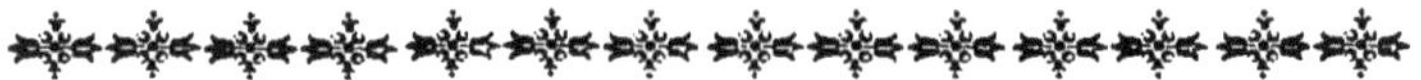

LA RÉPUTATION

SONNET

Dans la société la Réputation
Consiste à bien celer les faiblesses qu'on cache,
A veiller sur ses faits avec attention,
A ne dire au public que ce qu'il faut qu'il sache.

Passeport d'existence auquel chacun s'attache
Pour sauver son crédit, sa situation,
L'honneur de la femme est, en mainte occasion,
Souvent à la merci d'un méchant qui le tache.

La pitié du cœur est prompte à l'égarement;
Devant la calomnie ou quelque fausse histoire,
Le cœur est un enfant auquel on fait tout croire.

Le monde qu'on écoute avec empressement
Et dont on applaudit les jugements faciles
Est plein de gens d'esprit qui sont des imbéciles.

13 décembre 1896. — A 8 heures du matin, en attendant mon café au lait.

L'ANNIVERSAIRE

En vieillissant souvent se dresse devant moi
Un fantôme qui m'a mis le cœur en émoi...
Ce matin, au réveil, je l'ai revu, ce spectre,
Tantôt vêtu de deuil, tantôt paré de fleurs,
Drapé dans de la pourpre, ou portant comme Electre,
Un vase funéraire, en répandant des pleurs.
Etait-ce un homme, était-ce un revenant spirite
Répondant à l'appel de souvenirs lointains,
Contraint par l'hypnotisme à me rendre visite
Avec un air confus ou des regards hautains ?...
Dans le trouble où j'étais, ainsi qu'en un vertige,
Me dressant à mon tour : « Que me veux-tu, lui dis-je ? »
« — Gardien du souvenir et des regrets pieux, »
Me répondit sa voix, « vers les cœurs oublieux
« C'est le temps qui vers toi m'envoie en émissaire...
« Rappelle-toi, vieillard, je suis l'anniversaire ! »

8 avril 1896.

PENDANT UNE MESSE D'AVRIL

Souvenir d'une impression ressentie.

La famille, à l'église, aujourd'hui rassemblée,
S'unit dans la prière et le recueillement,
A la messe que dit le prêtre, en ce moment,
Pour la mère dont l'âme est au ciel envolée.

Le silence qui règne invite au sentiment
De la prière, et sa puissance en est doublée.
Cependant dans mon cœur à l'instant s'est mêlée
Une autre émotion, étrangère au présent :

Pendant que chacun prie en pensant à la morte,
Le son lointain d'un orgue à mon oreille apporte
L'écho du brindisi de la *Traviata*...

Et malgré le saint lieu, malgré l'âme oppressée,
Un trouble étrange envahit ma triste pensée
A ce ressouvenir des temps que l'on fêta.

Mai 1897.

EXCELSIOR

Toujours plus beau, toujours plus grand, toujours plus haut,
Toujours mettre le cap sur la rive lointaine,
Tel est l'orgueilleux cri, le rêve ou le défaut
Des aspirations de la pensée humaine.

Le trouble ambitieux mène l'homme à l'assaut
De la chose impossible, et la femme hautaine
L'excite en sa folie et, par l'amour, l'entraîne
Jusqu'à ce que du songe il s'éveille en sursaut.

Le sage ne doit pas, dans la vie ordinaire,
Permettre à sa raison d'aborder la chimère
Et de prendre avec elle un dangereux essor,

Mais pour se garantir contre toute bassesse
Et de ses sentiments conserver la noblesse,
Il garde au fond du cœur toujours l'excelsior !

23 mai 1896. — En revenant du Fréhaut.

LES ABANDONS

Dans les sentiers qu'il suit, le voyageur qui passe
Sans les revoir après les avoir parcourus,
Derrière tous ses pas dont s'efface la trace
Laisse amis et bonheurs qu'il ne reverra plus.

Soit par la jouissance ou soit par la fatigue
Et sans que le cœur puisse en accuser le sort,
Par un courant fatal qu'ici-bas rien n'endigue,
Tout s'abandonne et se délaisse sans effort.

Des gais étudiants l'amitié se disperse
L'oiseau quitte le nid où ses petits sont nés
Et, dans les foyers que la passion traverse,
Les plans du matin sont le soir abandonnés.

Le laboureur, dès que la gerbe est moissonnée,
Déjà pense au labour pour les prochains épis
Et, dans le souvenir, la vie est jalonnée
De tous les abandons que le cœur a subis.

Mais par la pensée on échappe à l'oubliance
De ce que l'on aimait et qu'on avait quitté,
Malgré le temps elle survit sans défaillance
Aux tristes abandons, à leur iniquité.

C'est dans son invisible abri qu'elle conserve
Le livre d'or où sont inscrits les vieux serments,
Les projets que l'espoir avait mis en réserve,
La date des ardeurs et des renoncements.

Quand la raison troublée, en vain, hélas! s'efforce
De se rattacher à quelque chose qui fuit,
L'abandonné, parfois ne trouvant plus de force
Suffisante pour vivre, au suicide est réduit !

Mais tant qu'un désir est accompagné d'un rêve,
Tant qu'il nous reste un but vers lequel nous tendons,
Comme un arbre mourant qui garde un peu de sève
La nature résiste aux derniers abandons.

28 avril 1896.

LES REFUGES

Lorsqu'il est tout petit, l'enfant se réfugie,
Pour calmer son chagrin, dans les bras maternels ;
Quand la mère n'est plus, c'est à son effigie
Qu'on le voit s'adresser dans les jours solennels.
Dans le cloître la piété vient abriter
Sa foi, son espérance et la paix de son âme,
Et, sur bien des douleurs qu'on ne peut éviter,
La poésie apporte un merveilleux dictame.
De par le monde, l'homme est en quête d'abris
Pour son corps, son esprit, ou pour sa conscience,
Et presque toujours, soulagé, souvent épris,
Il y rencontre enfin le calme et l'oubliance.
La fatigue des sens, la désillusion,
Les balottés du sort, les vaincus de la vie,
Dans des repos recherchent la conclusion
Que l'existence accorde aux répits de survie :
Les exodes lointains où les nouveaux Renés
Vont chercher, pour leurs cœurs, l'oubli de la pensée ;
La prison volontaire où vivent enchaînés
Les savants dont la vie aux labeurs est vouée ;

Le retour au village après avoir longtemps,
Dans les villes, cherché le plaisir, la fortune ;
Ou bien, en vieillissant, consacrer ses instants
A faire des heureux, à calmer l'infortune,
C'est là souvent où vient aboutir le bonheur
Auquel la créature était prédestinée,
Et s'apaiser tous les élans fougueux du cœur,
Qu'on avait ressentis ; — telle est la destinée.
Inquiétés par les désirs inassouvis,
Suivant en vain des yeux chaque étoile qui file,
Sans cesse entrevoyant des repos poursuivis
De refuge en refuge, épiant un asile,
Nous nous acheminons ainsi, jeunes ou vieux,
Vers le seuil où la mort, quelquefois secourable,
Nous vient entraîner dans son refuge oublieux
Qui nous offre un repos toujours inviolable.

2 juin 1896. — En allant en rêvant au Fréhaut.

LES VERRES DE COULEUR

Si dans ce que l'on voit le dessin c'est la forme,
La couleur c'est la vie ; elle crée et transforme
La Beauté, cette idole à laquelle en tout temps
Le cœur a consacré des autels et des chants.
Quel que soit le talent de la main frémissante
Pour émouvoir les sens, la ligne est impuissante.
C'est le prisme qui donne aux objets leur éclat,
A nos yeux le mirage où le rêve s'ébat,
Aux désirs la séduction qui les enflamme
Et les enchaîne aux attraits vainqueurs de la femme.
A l'artiste qui peint, en Janvier, le Printemps
Ou, le soir d'un orage, un matin de beau temps,
Il suffit pour pouvoir copier la Nature
Et passer, sans trahir le vrai dans la peinture,
De l'hiver à l'été, du froid à la chaleur,
De voir tout à travers des verres de couleur.
Je ne suis point un peintre, hélas ! mais ma pensée
Aime tous les reflets de la chose passée :
Pour cela j'ai choisi des verres colorés,
Les voici réunis, — regardez, — vous verrez :

En contemplant le ciel, les bois et la prairie,
Bien plus rapidement que dans une féerie,
Le bleu, le vert, le brun, le rouge et l'orangé
Subitement dans le décor ont tout changé.
Par eux je m'affranchis d'une vue importune,
En plein jour, à midi, je vois le clair de lune,
Et sur la terrasse où je viens souvent m'asseoir
Dès le matin je fais à volonté renaître
Cette heure où le soleil, avant de disparaître,
De ses jaunes rayons illumine le soir.
Le verre bleu fait, par un subit sortilège,
Paraître les buissons tout saupoudrés de neige ;
Dans un vaste incendie où je suis enfermé
Le rouge devant moi met un ciel enflammé,
Et tandis que le vert du printemps est l'image
Le violet me montre un jour sombre d'orage.
Quant au gris, la tristesse le choisit enfin
Pour appeler plus tôt, la nuit sur le chagrin

. . . .

Quel repos pour le cœur que mord l'inquiétude,
Quelle douceur on aurait dans la solitude,
Si sans cesse on pouvait, pour calmer la douleur,
Voir la vie à travers des verres de couleur !

Juin 1896.

SONNET A LA MUSE DES BOIS

A l'horizon le ciel est pur, la vie est noire :
Je viens te retrouver, chaste Muse des bois,
Mon âme a soif de toi, mon cœur et ma mémoire
Veulent se rafraîchir à la source où tu bois.

Après qu'Avril s'est parfumé du Joli-Bois,
Mai veut à son tour se montrer dans sa gloire,
Et des airs du Printemps chante le répertoire
Pour séduire et charmer la pensée aux abois.

Chaque année au retour de la saison nouvelle
Le bruissement des feuilles mortes, sous mes pas,
Parle à mon cœur de leur renaissance éternelle,

Et ta voix musicale ne se lasse pas
Le matin, au réveil, ô Muse charmeresse,
De redire à mes ans des chansons de jeunesse.

1er mai, 27 avril. — En allant au Fréhaut.

PENSÉES JACULATOIRES

Sur Sommeil, Poésie et Rêve.

Après avoir tenu trop longtemps en éveil
L'ardeur des sens ou le travail de la pensée,
Tandis qu'il est si doux de trouver le sommeil
Pour venir réparer la fatigue passée ;

Après avoir en vain cherché de l'au-delà
Le secret que le ciel garde avec jalousie,
Tandis que pour ôter du cœur ce tourment-là
Rien n'est bienfaisant comme un peu de poésie ;

Après avoir perdu, en aimant sans espoir,
Des moments radieux offerts à la jeunesse,
Tandis que l'on pourrait, pour les heures du soir,
Chaque jour, par le songe, en retrouver l'ivresse.

Pourquoi ne voit-on pas, du bonheur inquiets,
Les hommes au travail imposer une trève,
Etouffer leurs soupirs, tromper tous les regrets,
Par le Sommeil, la Poésie ou bien le Rêve !

Juin. — En allant au Fréhaut.

L'OBSESSION

On voit, sur mer, devant l'orage et le cyclone,
S'enfuir au loin tous les navires affolés
Et, devant l'épervier, l'alouette mignonne
Cesse ses chants et vient se cacher dans les blés.

Fuyant le rude hiver, le jeune homme malade
Aux rives d'azur va chercher sa guérison ;
En guerre, le conscrit, pendant la fusillade,
Songe qu'il reverra le toit de sa maison.

D'échapper au péril ils ont tous l'espérance.
Le bonheur est plus grand après les grands dangers !
Les uns ont la jeunesse et les autres la chance,
Ces deux soutiens bénis des espoirs mensongers.

Moi-même de la mort j'ai subi la poursuite,
Cotoyant le trépas dont j'étais menacé,
Il fut bien près de me rejoindre dans ma fuite,
Mais j'étais jeune alors et je l'ai distancé.

Aujourd'hui de mes ans la limite fatale
Me livre à lui prisonnier sans rémission,
Je l'entends m'appeler de sa voix sépulcrale,
Je ne puis fuir, et c'est là mon obsession.

16 juin 1896. — Dans mon lit de grippé.

LES BARBES BLANCHES

Les barbes blanches sont la décoration
Qu'à ses anciens amis accorde la nature,
Un cachet précurseur de séparation,
Un signe honorifique avant la sépulture.
On les salue ainsi que les rayons du soir
Voilant la nuit que le soleil couchant ajourne,
Et pour leur faire place, en suivant un trottoir,
Devant elles parfois le passant se détourne.
On dit que dans leurs cœurs, réservoirs du passé,
Dorment des souvenirs aussi frais que l'Aurore
Et que le temps et l'âge n'ont pas effacé
Bien des regrets des sens que le public ignore.
On dit que, si quelqu'un voulait bien les aimer,
Comme au temps jeune on les verrait aimer encore,
Mais que l'amour, hélas ! ne sait pas seul charmer
Et que, de lui, c'est sa jeunesse qu'on adore.
Parias pour le cœur, parias pour les yeux,
Parias dans les jeux, parias pour la force,
C'est toujours vainement que leur ardeur s'efforce
De réformer l'arrêt qui pèse sur les vieux :

Sortes de croix d'honneur de la longue existence,
Leur symbole est celui de l'adieu sans retour.
Dans les enterrements, gardant un froid silence,
Elles suivent la foule en attendant leur tour.

3 juillet 1896. — En revenant de l'enterrement de M. Maurice de Ravinel.

RETOUR D'ENTERREMENT

C'était un bel enterrement, rien n'y manquait :
Pie Jesu, *De Profundis*, appels suprêmes,
Messe funèbre et tout ce que l'église avait
De pompe solennelle et de pieux emblèmes ;
Nombreux concours de militaires, d'ouvriers,
De dignitaires des œuvres de bienfaisance ;
Sœurs des malades et fidèles brancardiers
Apportant le tribut de leur reconnaissance,
Pompiers, clairons en tête, amis de tous côtés
Accourus pour affirmer un dernier hommage
A celui qui les avait reçus et fêtés.
Derrière le cercueil un touchant assemblage
De gens de tous partis et, retenant leurs pleurs,
Des femmes du faubourg accompagnant la file
Des faïenciers de Saint-Clément et Lunéville
Chargés de splendides couronnes et de fleurs...
Puis les derniers adieux devant la tombe ouverte
A l'homme bienfaisant dont on pleurait la perte...
... En vérité tout fut complet dans ce convoi,
Tout vint à point. Aucune discordante voix

N'est venue attrister la famille éplorée
Qui dut avoir, pour baume à sa douleur navrée,
D'un *tout* bien réussi la satisfaction;
Et la foule, après la manifestation
A laquelle a pris part la ville tout entière,
S'est retirée émue. — Et le mort, dans sa bière?...
De tout cela le mort ne voit ni n'entend rien.
Envers les survivants libre de tout lien,
Il a quitté ce monde et son âme est partie
Insensible aux accents de notre sympathie;
C'est à l'être envolé que l'on rend ces honneurs
Et c'est sur son fourreau que l'on verse des pleurs.
C'était avant que sa paupière ne soit close
Qu'il eût été touché de cette apothéose!
L'homme, hélas! ne sent pas, dans le fond d'un caveau,
Le vent qui souffle sur le marbre du tombeau.
De celui qui n'est plus la valeur proclamée
N'est pas à son profit, c'est pour la Renommée —
Et jamais, sur la Terre, il n'en fut autrement.
Mais en tout cas ce fut un bel enterrement :
Pour honorer sa vie, en cette circonstance,
Rien ne manquait au mort, hélas! que sa présence.

15 juillet 1896. — Au retour de l'enterrement de M. Ed. Keller.

LA NUIT

Le calme et le silence éveillent la raison
Là nuit, quand sur les yeux la paupière est baissée
Et que, seul, à l'abri de toute émotion,
Le jour intérieur éclaire la pensée.

Conseillère du cœur, quand dans la passion
L'homme égaré par lui plonge tête baissée,
Contre l'entraînement et la séduction
La nuit et son repos servent de panacée.

Son sommeil bienfaisant sur le corps épuisé
Sur l'âme abandonnée à la désespérance
Et sur l'oubli de tout verse la non-souffrance ;

A ceux auxquels le sort a toujours refusé
Le bonheur d'être aimé et ses douces ivresses,
Elle donne le rêve et ses vastes promesses.

5 août 1896.

LA TOMBE

Qu'importe à ceux qui ne sont plus le souvenir
Qu'en gardent les vivants, — qu'importe la prière
De l'enfant à sa mère au ciel, pour le bénir,
Lorsque la mort, venant de clore la paupière,

Nous laisse sans savoir ce que va devenir
L'âme éperdue, et si, dans une autre carrière,
Elle retrouvera la vie et la lumière !
Avec elle comment pouvoir s'entretenir ?

Que servent les soupirs adressés à la tombe
Qui ne renferme plus qu'un corps décomposé
Indifférent aux pleurs dont il est arrosé !

Et cependant c'est là, lorsque le cœur succombe,
Pour calmer sa douleur, son unique ressource,
Comme la soif du corps qui s'étanche à la source.

6 août 1896. — En revenant du Fréhaut.

LES SÉPARATIONS

Dans le cours de la vie il faut avoir eu faim
Pour connaître le prix qu'a le morceau de pain,
Et l'on ne sait combien une compagne est belle
Que lorsque tout à coup l'on est séparé d'elle.
— La femme dont on sent à peine le mérite,
On l'admire ardemment alors qu'elle nous quitte,
Et l'homme, pénitent, devient plus assidu
Près du cœur qu'il retrouve après l'avoir perdu.

Elle attend mon retour celle que j'ai quittée
Et que j'avais, loin d'elle, aussitôt regrettée ;
Pour mieux me recevoir elle va revêtir
La robe verte qui la fera rajeunir ;
Pour me parler, sa voix, comme une sérénade
Lointaine, empruntera la voix de la Dryade,
Et pour me conserver dans mes pures ardeurs,
Aura jour, soir et nuit mille mots enchanteurs :
« Ne pars plus désormais, ami, me dira-t-elle,
« Aie confiance en moi qui suis une immortelle ! »
Mais, moi, je répondrai : « O ma douce forêt,

« Je ne te fuis qu'afin d'emporter le regret
« Qui me cloue au besoin de te revoir sans cesse! »
Le bonheur du revoir renchérit la caresse
Et, dans l'éloignement, l'homme affranchit ses jours
Du découragement par l'espoir des retours.

Les séparations ne sont pas des ruptures,
Et le cœur peut toujours en guérir les blessures;
On voit plus d'un départ, par lequel tout finit
Se changer en malheur qui parfois réunit.

22 février 1896.

LES REPOS

Tous les repos sont doux, tous les repos sont bons,
Pour l'homme c'est la paix au ciel et sur la terre.
Après l'orage, en mer, s'appuyant aux ambons,
Le marin, rassuré, s'endort dans sa chimère,
L'écrivain demande au sommeil réparateur
De rendre à son esprit la verve disparue ;
Dans les champs, à midi, le rude travailleur,
Etendu sur le sol, en bénit la venue.
Il n'est rien de meilleur qu'on puisse proposer
Pour couronner la gloire ou toute œuvre féconde,
Et Dieu lui-même, après avoir créé le monde,
L'homme étant fait, s'en fut se reposer.
Lorsqu'il s'est dépensé avec exubérance
Le cœur, las de sentir, a besoin de repos ;
Le calme est nécessaire et seul est à propos
Pour savourer les remous de la souvenance,
Mais souvent ce repos, qu'on cherche en vain partout,
Ne se trouve que dans un seul endroit propice,
C'est dans la tombe où l'homme est à l'abri de tout,
Où les persécutés sont hors de l'injustice.

Les amoureux, qui voudraient aimer sans répit,
Ont de la lassitude avec entrain médit,
Mais sur des seins gonflés par la caresse ardente
Et dont la chair émue est encor frémissante,
Est-il rien de plus doux que de se reposer
En rêvant de bonheurs que l'on vient d'épuiser!

3 mars 1896.

RENONCEMENTS

L'arbre, au printemps, fait fête à la feuille naissante
Et sa sève, en montant, la nourrit de son lait,
Mais quand l'automne rend la nourrice impuissante
    Elle jaunit, se sèche et disparaît.
Le cœur adolescent s'éprend souvent d'un songe
Qui l'enivre et vient le bercer d'un fol espoir,
Mais presque toujours c'est un lumineux mensonge
    Né le matin pour expirer le soir.
Pour le vieillard la poésie est un mirage
Un chant harmonieux qui parle du passé
Mais qui s'éteint lorsque son esprit déménage
    Ou que sur lui la douleur a passé.
A tout sur terre, un jour il faut que l'on renonce,
Ambition, vigueur, projets, rêve étoilé,
Dans l'attente de l'heure où sans retour s'annonce
    Le long départ dans l'inconnu voilé.
A travers les accueils et les adieux, la vie
Est faite de désirs et de renoncements,
Et, tôt ou tard, ce que l'on aime ou qu'on envie
    Subit le sort des éternels serments.

1er août 1896.

LA DISCRÉTION

ET LES FUTURS RAYONS X

Il n'est personne, parmi nous tous, que je sache,
Qui ne soit obligé de garder un secret,
Aucune femme, vertueuse, qui ne cache
En son cœur un désir, un espoir, un regret.

L'honneur parfois nous force à celer une tache,
Etre sincère et franc n'est pas être indiscret,
Et tout ce que l'on voile est doublé d'un attrait
Par le charme de l'inconnu qui s'y rattache.

Mais si déjà pudeur et réputation
Sont, grâce à l'hypnotisme, à la discrétion
Des curiosités de la foule insensée,

Que doit-il advenir quand plus tard on pourra,
Avec des rayons X que l'on découvrira,
Comme à travers la chair lire dans la pensée !

3 mai 1896. — En revenant du Fréhaut.

LA QUESTION DU CHAPEAU

Le cœur le plus parfait chez la femme détonne,
Alors que son esprit est en mal de chapeau ;
En hiver, en été, au printemps, à l'automne,
Le besoin d'en changer lui trouble le cerveau.

La question de son choix est pour elle un problème,
Mais, pareille au berger maître de son troupeau,
La modiste, en faisant miroiter du nouveau,
Devient de ses goûts le législateur suprême.

Dans son ménage si l'homme était plus adroit
Madame obéirait et marcherait plus droit
Sans qu'à la volonté son caprice résiste :

Il suffirait, pour la soumettre à la raison,
Au changement de la mode, à chaque saison,
De faire des chapeaux et d'être sa modiste.

18 mai 1896, à 5 heures du matin.

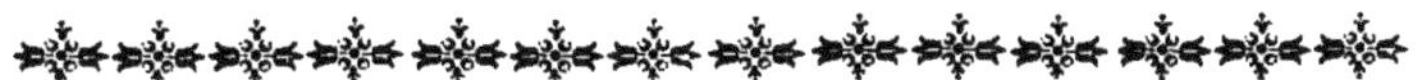

GRAND SAINT-NICOLAS ET PETIT JÉSUS

SONNET

Saint Nicolas, père Fouettard, enfant Jésus,
Ils sont grands aujourd'hui les enfants ingénus
Dont vous avez, pendant les jours de leur enfance,
Si souvent réjoui la naïve croyance.

En leur faveur, depuis on ne vous a plus vus
Chez moi, la nuit, manifester votre présence;
Pour personne jamais vous n'êtes revenus
Quand au surnaturel on n'a plus confiance,

Mais, tout petit enfant, il m'a semblé, la nuit,
Du grand saint Nicolas, souvent ouïr le bruit
Dans la cheminée où j'avais mis ma bottine,

Et tous les plaisirs, les bonheurs que j'ai goûtés
Pendant mon existence et mes jours agités
Ne m'ont pas remplacé cette joie enfantine.

Décembre 1896.

VIEILLES MAISONS ET VIEUX SENTIERS

SONNET

Dans les vieilles maisons dorment silencieux
Les souvenirs d'antan, comme dans une bière,
Où quelquefois des cœurs, tristes ou curieux,
Viennent interroger leurs archives de pierre.

Dans les sentiers des bois expirent sur la terre
Les feuillages foulés par les pieds oublieux
Des amis du Printemps ou de ceux qui, naguère,
Sous eux ont échangé des propos amoureux.

Les discours des vieux murs et de l'ancien feuillage
Ont, pour les gens vieillis, un éloquent langage,
Infortunés ceux qui ne le comprennent pas !

Heureux celui qui trouve, aux jours de défaillance,
Dans les vieilles maisons ses souvenirs d'enfance,
Et dans les vieux sentiers la trace de ses pas !

12 décembre 1896, à 8 heures du matin. — En attendant, dans mon lit, mon café au lait.

MAISON A VENDRE

SONNET

A Jeanne Saint-Jacques.

Ainsi qu'un crêpe noir que l'on met au chapeau,
Ou celui que la veuve attache à sa coiffure,
Depuis l'été chacun voit à la devanture
De l'ancienne maison flotter un écriteau.

La maison est à vendre et ses volets sont clos.
Mais ce soir elle aura, le notaire l'assure,
Pour les ouvrir, un maître, et je serai tantôt
Triste en voyant, à la fenêtre, sa figure.

Le vêtement dans lequel le corps a vécu,
La chambre où l'on dormit, la coupe où l'on a bu,
En les quittant, le cœur s'en ressouvient sans cesse.

Dans la villa Jenny, sans doute en ce moment,
Vous y pensez aussi, Madame, tristement,
Au vieux logis qu'embellissait votre jeunesse !

15 décembre 1896.

14

A MADEMOISELLE GUÉRARD

SONNET PALINODIE

En l'honneur de ses chats.

Aux mérites des chats je n'avais pas égard
Et même, en fait de cœur, préférais la levrette,
Avant d'avoir connu Tito, Dindin, Mouzette,
Les trois chats bien aimés de Maria Guérard.

Envers eux, maintenant, s'il n'était pas trop tard,
Je voudrais réparer un tort que je regrette
En écrivant à leur louange, et sans retard,
Un sonnet qui me serve auprès d'eux d'interprète.

Mais les *quatrains* déjà s'en trouvant dépensés
Par ma palinodie à vos chats offensés,
Que puis-je faire avec le *tercet* qui me reste ?

Vous qui les comprenez et leur parlez si bien,
De ma part, chaque jour, répétez-leur combien
Est sincère aujourd'hui l'estime que j'atteste.

17 décembre 1896.

MERCURIALE POUR LES TROIS CHATTES

de Mademoiselle Guérard.

Lorsqu'on entre au salon, vous avez le défaut,
Mouzette, d'avoir l'air mécontent quand il faut,
Sur le fauteuil où vous reposez à votre aise,
Céder la place et prendre à regret une chaise.

L'amour est égoïste, hélas ! on le sait bien,
Mais quand, autant que vous, l'on aime sa maîtresse,
On ne doit, dans son intérêt et dans le sien,
Jamais faire aux amis la moindre impolitesse ;

Et vous, Toto, Dindin, ne soyez pas jaloux
Lorsque Mouzette dort longtemps sur les genoux
De sa maîtresse et, vous souvenant qu'elle est femme,
Soyez courtois pour que personne ne nous blâme.

En vous parlant ainsi je vous traite en matous,
Mais, à l'instant, quelqu'un me confie à l'oreille
Que, malgré vos noms masculins, chacun de vous
N'est qu'une simple chatte à Mouzette pareille...

Est-ce pour imiter les femmes de ce temps
Toto, Dindin, que vous vous déguisez comme elles,
Mais, jusqu'alors, en nous prenant nos vêtements,
Elles avaient gardé des noms de demoiselles.

Affichez votre sexe et quittez ces façons
De vouloir vous soustraire à nos anciens usages,
Les hommes et les chats, pour placer leurs hommages,
Ne sont pas attirés par des noms de garçons.

18 décembre 1896.

A PROPOS DE QUELQUES VERS D'HORACE

Que je viens de relire.

..... rapiamus amici
Occasionem de die
Dumque virent genua.
(Epodes, od. XIII, *Ad amicum*).
Non sola comptos arsit adulteri
Crines, et aurum vestitus illitum
Mirata, regalesque cultus
Et comites, Helene Lacœna.
(Livre IV, ode IX, à Lollius, v. 13 à 17).

Saphos des bains de mer, Hélènes de Paris,
Dont n'ont jamais parlé mes rimes féminines,
Qui tantôt en enfer, tantôt en paradis,
Conduisez l'homme épris des amours libertines.

Etait-ce à vous qu'Horace, ami de Tyndaris,
En buvant le cécube aux agapes latines
Avait prédit les futurs et nombreux Pâris
Que devaient attirer vos brûlantes poitrines?

Est-ce en parlant de vous qu'il nous dit de saisir
L'occasion qui passe et l'heure qui va fuir,
Pendant que l'on est jeune et que la vie est belle :

Carpe diem, a dit le chantre de Tibur ;
L'avenir est douteux, le présent seul est sûr,
A ses tentations ne soyez pas rebelle.

20 décembre 1896

ENCORE A PROPOS DE VERS D'HORACE

> Vides ut alta stet nive candidum
> Soracte, nec jam sustinant onus
> Sylvæ laborantes . . . .
> Quid sit futurum cras fuge quærere...
> (Livre I, ode IX, *ad Thuliarcum*).

Onze jours seulement nous séparent encore
De la fin de l'année et déjà mon cœur sent
L'angoisse et le souci de l'inconnu qu'arbore
Sur son drapeau le mois de janvier renaissant.

La neige dont l'éclat en ce moment décore
La nature fera place en disparaissant
Aux beautés que l'été pare de son soleil,
Mais que je ne dois voir, hélas! qu'en vieillissant.

Pour les enfants auxquels l'avenir fait envie
Ajouter à ses ans c'est aller vers la vie,
Tandis que pour les vieux c'est aller vers la mort;

Et sur les lendemains qu'accorde à la vieillesse
Le bonheur fugitif, la suprême sagesse
Est de ne pas, la veille, interroger le sort.

21 décembre 1896.

REVENUE DE LA NEIGE

SONNET FINAL

Après avoir subi les jours tristes et froids
Que l'automne expirant orne parfois de givre,
En attendant que fin décembre me délivre
De ses brouillards qui m'ont enrhumé tant de fois.

Ce matin j'ai revu la neige sur les toits…
Elle avait disparu depuis plus de dix mois,
Je l'avais oubliée et son retour m'enivre,
C'est l'hiver blanc qui s'en revient. — Fermons ce livre.

O ma neige, j'accours dès que je t'aperçois :
Ne crains pas en venant à l'heure de ton choix
De me troubler dans le travail où je me livre,

Car même en relisant mon roman d'autrefois,
Dès ta venue, à quelque page que j'en sois,
Pour te mieux accueillir, je fermerais le livre.

22 décembre 1896.

TABLE

RIMES DIVERSES

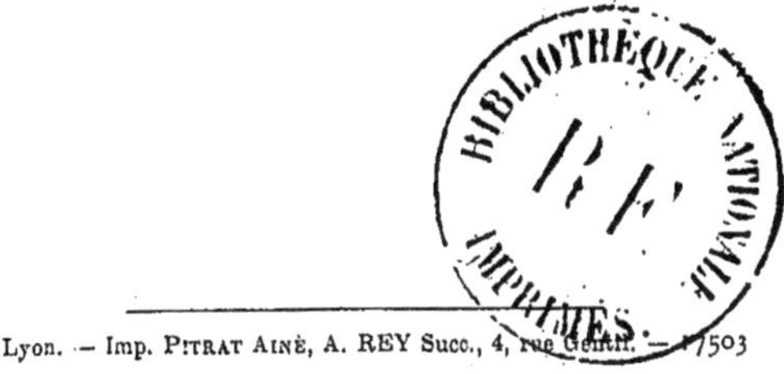

Lyon. — Imp. PITRAT AÎNÉ, A. REY Succ., 4, rue Gentil. — 7503

9 782019 135836